TINHA UM LIVRO NO MEIO DO CAMINHO

ROSANA RIOS

TINHA UM LIVRO NO MEIO DO CAMINHO

ROSANA RIOS

ilustrações de ANA MATSUSAKI

Editora do Brasil

© EDITORA DO BRASIL S.A. 2018
TODOS OS DIREITOS RESERVADOS.
Texto © ROSANA RIOS
Ilustrações © ANA MATSUSAKI

Direção-geral: VICENTE TORTAMANO AVANSO

Direção editorial: FELIPE RAMOS POLETTI
Supervisão editorial: GILSANDRO VIEIRA SALES
Edição: PAULO FUZINELLI
Assistência editorial: ALINE SÁ MARTINS
Coordenação de arte: CIDA ALVES
Design gráfico: CAROL OHASHI / OBÁ EDITORIAL
Editoração eletrônica: GABRIELA CESAR E MARISA CORAZZA
Supervisão de revisão: DORA HELENA FERES
Revisão: ELIS BELETTI

Dados Internacionais de Catalogação na Publicação (CIP)
(Câmara Brasileira do Livro, SP, Brasil)

Rios, Rosana
  Tinha um livro no meio do caminho / Rosana Rios ; ilustrações de Ana Matsusaki. – São Paulo : Editora do Brasil, 2018. – (Toda prosa)

  Bibliografia.
  ISBN 978-85-10-06779-9

  1. Ficção - Literatura infantojuvenil I. Matsusaki, Ana. II. Título. III. Série.

18-16842   CDD-028.5

Índices para catálogo sistemático:
1. Ficção : Literatura infantojuvenil 028.5
2. Ficção : Literatura juvenil 028.5

Maria Alice Ferreira - Bibliotecária - CRB-8/7964

1ª edição / 6ª impressão, 2023
Impresso na Hrosa Gráfica e Editora

Rua Conselheiro Nébias, 887
São Paulo, SP – CEP 01203-001
Fone: +55 11 3226-0211
www.editoradobrasil.com.br

**PARA MINHA MÃE, OLGA,
E MEU PAI, JOSÉ (*IN MEMORIAN*).**

SUMÁRIO

NO MEIO DO CAMINHO **9**

VERBOS **13**

DAS SÍLABAS AOS RATINHOS **17**

FILOSOFIAS **21**

QUERIDO DIÁRIO **25**

CRÔNICA DE UM FERNÃO DOS ANOS SESSENTA **30**

PARA QUE SERVE A POESIA? **34**

MARK TWAIN E OS DEUSES DO SEBO **43**

INSIGNIFICÂNCIAS **49**

ACHADOS, PRESENTEADOS E EMPRESTADOS **53**

UMA CANÇÃO, UM TREM, UM BEIJO **58**

ENQUANTO MEUS OLHOS PROCURAM
POR DISCOS VOADORES NO CÉU **61**

ENCONTROS INESPERADOS **66**

INVISÍVEL **71**

CISCO **75**

ADORO ANDAR. FAÇO CAMINHADAS VÁRIAS VEZES POR SEMANA, PERCORRO QUILÔMETROS PELO MEU BAIRRO, A LAPA – E APROVEITO PARA PENSAR HISTÓRIAS

NO MEIO DO CAMINHO

Adoro andar. Faço caminhadas várias vezes por semana, percorro quilômetros pelo meu bairro, a Lapa – e aproveito para pensar histórias enquanto olho a vida ao redor.

A gente, que é escritor, passa tempo demais na frente do computador. Conversa com os amigos pela rede, pesquisa em livros e em páginas virtuais. Escreve, escreve, escreve. E acaba se desligando da realidade, do chão, das ruas. Taí porque andar pelo meu e por outros bairros de Sampa me reconecta com a vida.

Outro dia estava no meio de uma caminhada de uns 3 quilômetros, quando percebi placas encavaladas nos muros das casas de um quarteirão na Vila Romana. Diziam "Mais um empreendimento da Construtora Blablablá". Traduzindo: o quarteirão quase inteiro vai ser posto abaixo, para que construam um conjunto de prédios com garagens imensas e apartamentos caros.

Na semana seguinte, fazendo a mesma trajetória, vi que as casas já começavam a ser demolidas.

Deu um aperto no coração.

Eles começam retirando as telhas, deixando o madeirame do telhado exposto como quem retira a pele de um corpo e deixa os ossos à mostra. Depois, arrancam uma por uma as madeiras – os ossos – e vão acabando com as paredes. Janelas e portas vão-se embora inteiras. Tijolos caem, azulejos se estilhaçam e se misturam com todos os restos humanos que havia nas casas. Porque sempre há resquícios dos moradores... Coisas deixadas para trás, relíquias abandonadas no passado de uma casa que não é mais casa de ninguém e logo será um espaço vazio.

Vazio de gente. Vazio de vida.

Sobram as lembranças misturadas aos destroços, e que serão removidas por caçambas como se fossem lixo, levadas sei lá para onde...

Parei naquela calçada da Vila Romana e fiquei olhando as pilhas de tijolo-telha-cacarecos-azulejo-quebrado, pensando que esses restos, essas lembranças, não são lixo. O que tem lá no meio são pedaços de existências. São recordações de gente que ali viveu, amou, sofreu, criou. São capítulos da História da cidade, e com agá maiúsculo.

Recordei um trecho do meu primeiro livro juvenil, que em 1991 recebeu um prêmio literário importante. Escrevi sobre uma garota que olhava, por trás de um tapume, a última parede que restava em pé da casa em que havia morado e que começava a ser demolida.

"A gente viveu ali, conversou, brincou, e agora tudo o que resta é um espaço vazio no ar. Para onde foram as lágrimas que eu chorei, sozinha, trancada naquele banheiro? Pra onde foram as coisas que eu pensei enquanto tomava banho? Pro fundo de alguma represa, carregadas com a água pelos canos do esgoto".

As pessoas que moraram naquelas casas podiam pensar o mesmo que a minha personagem. Seu chão não era mais seu. Sua casa, que um dia esteve cheia de sonhos, agora era um amontoado de restos. Um hiato no ar.

Prestei atenção a cada um dos objetos que podia ver, numa tentativa patética de impedir que aquilo tudo fosse esquecido. Eu precisava dar algum significado às coisas, às vidas conectadas com aquela casa em particular.

Vi jornais amarelados, onde um dia alguém teria sabido as notícias. Reconheci uma caneca plástica em que alguma criança teria tomado seu leite. Do lado, um único sapato velho, que devia ter andado muito por este mundo. Tinha também umas páginas... uma lombada... Um livro!

Sim, era um livro aquela maçaroca no meio dos destroços.

De onde eu estava não conseguia ver que livro era, mas isso não importava.

Era mesmo um livro. Morada de histórias. Hábitat de personagens.

Quem sabe quantas emoções aquelas páginas despertaram em um leitor que morou ali? Quem sabe que diferença aquela leitura fez na vida dessa pessoa?

Tenho certeza de que cada livro, todo livro, faz uma baita diferença na vida de quem o lê. O leitor pode não perceber na hora, pode pensar "que história boba, que enredo chato!", pode parar a leitura no meio ou pode jogar o coitado num canto e se esquecer dele para ir ver televisão.

Mas, de um jeito ou de outro, todos os livros marcam a vida de seus leitores.

Aquele, por exemplo, nem foi lido por mim – e me fez escrever esta crônica. Por causa desta, apareceram mais algumas... É que, de repente, comecei a me lembrar de tantos outros livros e histórias que fizeram parte da minha vida, me marcaram e me transformaram em quem sou hoje.

Não tenho lá muita certeza de quem sou hoje exatamente, mas tenho algumas pistas. Mulher, escritora, mãe, pesquisadora, viciada em café, leitora compulsiva.

Estranha. Maluca. Uma escritora doida que gosta de andar pelo bairro e encontra ideias para escrever nas coisas que vê na rua.

Como um livro velho e amassado.

No meio do caminho.

VERBOS

Sou amiga dos verbos. Sem eles, o que seria de nós?

Toda fala, toda escrita, todo pensamento depende deles...

Pensamos.

Falamos.

Escrevemos...

E verbalizamos.

Hoje acordei com um verbo me encantando: permanecer.

Sei que o dicionário, os revisores e os corretores ortográficos vão me sugerir usar um sinônimo, como "ficar". Mais curto, direto, simples.

Mais óbvio.

E sei que minha absurda capacidade de complicar a vida vai se insurgir contra isso. Não. Não quero o óbvio. Não quero ficar. Quero permanecer!

Segundo meu grande amigo Aurélio, permanecer é "continuar sendo, prosseguir existindo, conservar-se". É persistir, quando os ventos e as ondas e maldades e o mundo nos ordenam fugir.

Não sei o que seria de mim sem o prezado Aurélio; para quem não sabe, trata-se do dicionário da língua portuguesa escrito por Aurélio Buarque de Holanda Ferreira. É a ele que eu sempre recorro em caso de dúvida, como quando quero descobrir a grafia correta ou a origem de uma palavra.

Curioso. O dicionário me informa que o verbo de que falo vem do latim *permanescere*. Mas, em português, falta a ele o encantador encontro de "s" e "c"! Encontro que me faz pensar em nascer, crescer, florescer. Esse meu verbo seria mais querido, tivesse ele um "s" a mais... Por que alguns verbos mantiveram a letra clandestina e outros tiveram de abandoná-la? Não sei. Talvez precise de um detetive ortográfico para investigar o caso do roubo do "s" do verbo... As palavras escondem tantos mistérios!

Mesmo assim, com "s" ou sem "s", permanecer continua sendo um verbo maravilhoso para mim, com o Aurélio a atribuir-lhe sentidos tão vitais.

O "per" me faz pensar em permear, pertencer, perpassar, em todas as coisas que se tornam próximas porque um prefixo "per" se aproximou e nos meteu no meio das coisas. "Manecer" não existe sozinho, ou existe? Para o dicionário, aqui ao lado, não há tal palavra... e eu ainda não conheço todos os verbos do mundo. Nem tenho a ilusão de um dia conhecer.

Enquanto isso, sobrevivo com os meus velhos amigos. E conjugo esse belíssimo exemplo da sonoridade da minha língua-mãe.

Permanecer.

Eu permaneço, tu permaneces, nós permanecemos...

Não importa se os ventos sopram, a terra treme, os tsunamis invadem as cidades e submergem a vida, se os poderes constituídos me censuram ou me ordenam partir.

Não quero conjugar verbos como fugir, seguir, abandonar, desistir.

Continuo agarrada àquele que significa tanta coisa dentro de mim. E acho engraçado como uma simples palavra pode dar força para a gente. Então, dessa palavra, desse verbo, dessa afirmação, tiro energia, faço a minha vontade e renuncio ao óbvio.

Ventos, tremores, tsunamis, censuras e poderes? Como disse o poeta, eles passarão.

Eu permanecerei.

DAS SÍLABAS AOS RATINHOS

Foram muitos os livros no meu caminho. E o primeiro a ser lido não foi nem mesmo um livro de verdade: era um almanaque bem velho, sem capa, que rolava pela casa e que tinha de tudo nas suas páginas meio amarelas. Receitas, crônicas, poemas, curiosidades, riscos de bordado.

Minha mãe "bordava pra fora", como dizia meu pai. Lenços, fronhas, toalhas: bordava monogramas e iniciais de pessoas que queriam personalizar seus enxovais de casamento. Daquele almanaque ela copiava os desenhos de letras sinuosas e enfeitadas que iam de A a Z. Mas no meio das páginas tinha outras coisas que me interessavam. Principalmente uma história ilustrada que mamãe lia para mim, quando dava tempo: "O Flautista de Manto Malhado em Hamelin".

As imagens eram marcantes. Os ratos invadiam a cidade, entravam nas xícaras, subiam nos móveis e comiam a comida sobre as mesas. O Burgomestre, espécie de prefeito feio e corrupto, não queria pagar ao Flautista pelo trabalho de livrar a cidade dos ratos. Crianças de olhos brilhantes eram encantadas pela música mágica da flauta...

Essa não foi a primeira história da minha vida, é claro. Eu já escutava os contos de fadas que mamãe contava e as aventuras de Pedro Malasartes narradas por minha avó. Sentia medo por Chapeuzinho Vermelho, que tinha de enfrentar os dentes de um lobo, e toda vez que saía na rua morria de pavor de me perder como João e Maria, tão tontos que haviam marcado o caminho de casa com migalhas de pão. Ria quando Malasartes enganava o gigante que queria arrancar sua pele.

Mas aquela foi a primeira história que li decifrando sílaba por sílaba...

Em meados de 1960, eu tinha 4 anos e meio e morava nos fundos da casa construída pelo meu falecido avô. Então fui matriculada numa escolinha que ficava no mesmo quarteirão: era só virar a esquina e chegávamos lá. A escola, recém-inaugurada, tinha só duas turmas, o jardim e o pré. Ambas abrigadas na mesma enorme sala de aulas, com um grupo de crianças em cada canto.

A professora de ambas era a dona Mariazinha. Eu a adorava. Ela passava atividades para os pequenos do jardim, como eu, fazerem. E aí seguia para o outro lado do salão.

Escrevia na lousa. Desenhava letras. Formava sílabas. As sílabas se juntavam em palavras.

Eu ficava só olhando... tentando entender a lógica daqueles pequenos sinais.

Um dia, passeando com meus pais, li o que estava escrito em uma placa na rua. Minha mãe se alarmou. Em casa, peguei o velho almanaque e fui decifrando os escritos. Era uma coisa mais ou menos mágica para mim, mas apavorante para mamãe.

O caso foi levado à escola. Como assim, vocês ensinaram minha filha de cinco anos a ler?! Os poderes envolvidos (professora e diretora da escolinha) investigaram e descobriram o óbvio: eu simplesmente olhava para as aulas do pré e aprendia o que era ensinado.

Não teve volta. Chegaram à conclusão de que não dava pra me desensinar a leitura...

Fui alfabetizada naquela escola (no ano seguinte colocaram as turmas em salas separadas) e fiz o pré, depois fui "acompanhante" do primeiro ano. Em 1962, já tendo completado 7 anos, entrei para o Grupo Escolar do bairro e fiz de novo o primeiro ano, desta vez oficialmente...

Eu já lia feito doida. Do "Flautista", a primeira história lida de verdade, restou em mim o respeito pelos artistas – adorava o músico que encantava ratos e crianças com sua flauta – e o horror pelos poderosos – como eu desprezava o Burgomestre! Um político nojento, que guardava os sacos de moedas de ouro para si e seus comparsas, dando apenas uma moedinha ao salvador da cidade. Dos tempos medievais de Hamelin para cá, parece que pouco mudou...

Décadas depois, já virada em escritora, visitei uma livraria a convite da dona, que me disse para escolher um livro, qualquer livro. E olha só! Dei com uma edição bilíngue de *O Flautista de Manto Malhado em Hamelin*, com o texto original de Browning e a tradução em português, cheia de ilustrações gostosas, do jeitinho que eu lembrava.

Esse foi um presente muito amado.

Um livro que se fincou no meu caminho e de lá nunca vai sair.

FILOSOFIAS

A lembrança mais antiga que trago da infância é de estar no quintal da nossa modesta casinha, construída nos fundos da casa de meu avô. Estou sentada no chão ao lado de uma caixa de madeira. Nela eu coloco meus poucos tesouros, bonecas, pedaços de madeira e uma pilha de forminhas de alumínio para empadas (pertencentes à minha mãe, mas de que eu me apossava). A sensação dessa recordação é de angústia, pois os "brinquedos" estão todos espalhados pelo quintal e algum adulto – pai ou mãe, não me lembro – insiste para que eu os guarde na caixa. Tal feito me parece impossível, antevejo uma bronca, daí a razão da angústia.

Tenho uma foto de mim mesma aos dois anos, brincando com a tal caixa. Talvez a fotografia tenha me ajudado a manter aquele dia na memória... não me recordo se guardei ou não os brinquedos, mas a sensação ficou.

Outra lembrança é também distante. Eu não devia ser tão nova quanto na outra, pois nessa época já dormia em outro cômodo da casa; quando bebê, meu berço ficava no mesmo quarto de meus pais. Lembro-me distintamente de acordar e de estar ao lado da cama de mamãe. Vejo que ela acorda assustada, querendo saber o que eu faço ali, no escuro, tarde da noite, e de não saber responder. Sabia que estava dormindo no outro cômodo e de repente acordei lá. Andei durante o sono... O mais interessante é que não conseguia entender o susto adulto, já que aquilo me parecia perfeitamente normal. Por mais criança que fosse, eu sabia exatamente o significado da palavra "sonambulismo" e ela não me espantava.

Recordo ainda alguns dos sonhos que me perturbavam quando morei naquela casa.

Num deles, recorrente, eu corria pelo quintal dos fundos. Era perseguida por alguma criatura voadora que ameaçava me pegar enquanto eu fugia, apavorada, para o quintal da casa da frente. Eu tinha uma vaga ideia de que era uma criatura alada, monstro ou demônio. Tentava gritar para chamar ajuda, porém a voz não saía.

Em outro pesadelo eu me via espiando pela janela do quarto de mamãe para o mesmo quintal, onde sabia que outras criaturas abomináveis me aguardavam, não sei para que fins. Só recordo o pavor que sentia.

O pior é que essas criaturas à minha espreita tinham uma leve semelhança com os Três Patetas. Nessa ocasião meu avô já tinha um aparelho de televisão e íamos lá assistir tevê nos fins de semana. Um dos programas que eu mais detestava na época era justamente o daqueles três sujeitos esquisitos que viviam batendo uns nos outros, em branco e preto. As pessoas riam, mas eles me pareciam assustadores... E o pior é que, quando eles apareciam na tela, eu não conseguia sair da sala. Parava para ver o episódio até o fim, hipnotizada. Vai entender.

Na época em que entrei para o Grupo Escolar – o que quer dizer, após comemorar meus sete anos – eu costumava me sentar no batente da janela da sala, os pés descalços balançando, olhando para o quintal, para as árvores ao longe e os prédios na rua ao lado. Fazia elucubrações filosóficas.

Hoje sei que aquilo era filosofia, mas na época eu rotulava as ideias que me ocorriam como "coisas estranhas". Passava horas ali sentada, matutando estranhezas.

O que mais me incomodava era não saber a razão por que eu estava ali sozinha, sentada naquela janela, e não estava por trás de qualquer uma das inúmeras portas e janelas que meus olhos divisavam lá longe, na rua. Por que eu via apenas o que estava na minha frente? Por que experimentava unicamente o que podia ver, ouvir, tocar, se o mundo era imenso e cheio de criaturas e lugares sem fim?

Eu sentia uma tristeza esquisita ao perceber a impossibilidade de estar nos outros lugares e de me comunicar com o resto do mundo... Hoje imagino que, instintivamente, questionava a condição humana de isolamento e incomunicabilidade.

Era como se tivesse saudades de uma existência mais completa, integrada com o resto do universo; sentia falta de pessoas que não conhecia e de lugares que nunca vira. Será?

Ou pode ser que eu fosse só uma criança estranha que ruminava coisas estranhas.

Anos depois, quando estudei Filosofia no colégio, fui muito mal. Foi a única matéria em que quase bombei! Tive de estudar muito para passar... O curioso é que era novembro ou dezembro, e naquela semana em que estudei sozinha – no desespero para fazer o último exame – descobri que a Filosofia não era a chatice que a professora havia espalhado na sala de aula o ano todo. Era divertida! E era cheia de gente que um dia tinha ficado parada e pensando em coisas estranhas.

Foi um alívio saber que eu não estava isolada nas minhas esquisitices.

Hoje, às vezes, eu ainda me sento no degrau da porta de casa ("grave, como convém a um deus e a um poeta", disse Pessoa) e fico ruminando estranhezas. Rio sozinha. Falo com a gata. Imagino outras portas e janelas com pessoas por trás delas, ao longe.

Estou filosofando? Pode ser. Meu relacionamento com a Filosofia passou por altos e baixos até hoje, mas, com certeza começou cedo.

QUERIDO DIÁRIO

Aos onze anos, quando começava a cursar a primeira série ginasial – hoje chamado sexto ano do Fundamental II –, decidi escrever um diário. Tinha lido alguns livros nesse formato e sabia que muitas garotas do colégio o faziam. Achei interessante registrar minha vida, podendo mais tarde (quem sabe?) transformá-lo num romance. Um romance!...

Arrumei um caderno da escola com várias páginas em branco, pouco usado no ano anterior, arranquei as páginas escritas e comecei do zero.

Escrevia quase todo dia, embora tenha feito inúmeras pausas. Os períodos "pulados" depois eram resumidos: eu contava o que tinha me acontecido de mais marcante na semana, no mês. Ou no ano. Porém o meu diário, a quem eu me dirigia como se fora uma pessoa, nunca foi um registro fiel dos fatos que ocorriam. Era mais um sumário de meus estados de espíritos, reclamações e mágoas. O que é uma pena, pois corria o ano de 1967; a vida no Brasil daquela década era confusa, conturbada, caótica, e nada disso ficou traduzido (objetivamente, claro) em meus escritos.

Hoje, olhando lá pra trás, sei que não seria lógico esperar que uma garota de onze anos, nascida numa família de classe média baixa, estivesse a par do que então se dava nos subterrâneos da ditadura militar. A história dos anos sessenta não poderia saltar para fora das páginas de meu singelo diário.

De qualquer forma, continuei escrevendo. Às vezes as pausas duravam muito tempo, e mesmo assim eu sempre retornava. Quando não dispunha de restos de cadernos, escrevia em folhas soltas, pedaços de papel de pão cortados, sobras de folhas de almaço das provas escolares...

Claro, aquilo era tremendamente terapêutico. Eu podia ser introvertida, tímida, solitária; e, já que não tinha com quem desabafar fisicamente, podia contar tudo por escrito, dizer todas as abobrinhas que quisesse – e aquilo me libertava das angústias.

Tive diários até meu último ano de faculdade, em 1976. Lembro-me de haver transcrito todos os estados de espírito e desilusões amorosas dessa época. Então, parei.

Em 1977 completei 21 anos. Eu e meu namorado da época tínhamos decidido nos casar e marcamos a data para novembro daquele ano. Comecei a fazer uma triagem dos objetos que

levaria para o apartamento onde ia morar com ele – não chamarei meu marido de noivo, pois até agora (estamos casados há mais de 40 anos) nunca ficamos noivos, jamais usei aliança e nem me lembro de ter sido sequer pedida oficialmente em casamento, como acontece nas comédias românticas.

O fato é que, ao recolher cadernos, papéis e mil-e-uma inutilidades guardadas no fundo dos guarda-roupas, desencavei o que restava de dez anos de diários. Foi estranho... Minha vida sempre me pareceu acontecer em ciclos que se sucediam, e ali eu me deparava com o encerramento de um. Reli os diários e senti de novo as emoções, as raivas, as paixões ali registradas sem o menor traço de estilo, elegância ou verve, e decidi:

– Lixo!

Não podia me arriscar a deixar aquele material solto pelo mundo. Era por demais pessoal, e só em pensar que alguma pessoa pusesse os olhos sobre minha alma desnudada ali, confessada em relatos e desabafos, eu sentia revoluções no estômago. Assim, rasguei pedacinho por pedacinho daquela papelada toda e encerrei com tal ritual mais um ciclo da minha vida.

Depois de casada, tentei por várias vezes retomar a prática, sem sucesso. Na verdade, não precisava mais da terapia que um diário proporciona. Tornei-me escritora, publiquei dezenas de livros e tenho tido o prazer de exorcizar demônios interiores e exteriores através da ficção.

Estou chateada com alguém? Transformo a criatura em personagem e faço o coitado ou coitada enfrentar vilões horrorosos e passar por lugares tenebrosos, ha ha ha.

A política me enoja? Crio um personagem que é tão nojento quanto alguns políticos da vida real e invento uma situação ficcional em que ele é cassado, preso, eliminado, raptado por alienígenas malignos, he he he.

Funciona, tenho certeza. E nem preciso escrever "querido diário"...

CRÔNICA DE UM FERNÃO DOS ANOS SESSENTA

Foi em 1967.

Eu: 11 anos de idade.

Meu cenário: o bairro de Pinheiros, em São Paulo. A vida passada era uma infância tranquila, apesar da turbulência política que desfilava insuspeita pelo pano de fundo de minha inocência. A vida à frente era uma vasta incógnita, e nem eu nem ninguém àquele momento suspeitava dos caminhos amplos que o final de milênio nos abriria.

Única certeza da menina que migrava do Grupo Escolar Godofredo Furtado, na quieta rua João Moura, para o Instituto de Educação Fernão Dias Pais, na agitada Pedroso de Moraes: mudanças estavam prestes a acontecer.

Eu havia passado por 6 meses do cursinho de admissão de dona Guiomar e dona Iolanda. Na sala de sua casa, na rua Mateus

Grou, preparara-me para o desafio de, aos 11 anos, ser admitida nos mistérios dos Institutos de Educação... Testemunho da qualidade do curso primário do Grupo, bem como do ensino das duas irmãs, foi o fato de meu nome figurar não apenas entre os primeiros colocados no exame de admissão do Fernão, mas também no do colégio Caetano de Campos. Pinheiros, porém, bairro amado da família, teve precedência: e a rua Pedroso de Moraes se tornaria o ponto em torno do qual eu gravitaria nos 7 anos seguintes.

Primeira Série A da manhã, 42 meninas vindas de diferentes Grupos, com diferentes antepassados e costumes. Durante os 4 anos do Ginásio, com as naturais inclusões e exclusões, o cerne da turma permaneceu inalterado. Aquela lista de chamada, recheada pelos mais díspares sobrenomes, permaneceu em minha memória. A colônia nipônica era forte em Pinheiros; a lista, que se iniciava com Aiko, terminava com Yassumi. E em 1967 tinha início uma coleção de amigas que, se os anos separariam fisicamente, manter-se-iam unidas em espírito.

Dos professores, houve alguns que minha memória não deixa escapar. Dona Maria do Carmo e as exigências da Análise Sintática; dona Maria Rita, com quem cantamos *Allons enfants de la patrie, le jour de glorie est arrivée*, sem desconfiar que, em Paris, outros jovens cantavam a *Marseillese* ao som do estourar das bombas da polícia. Paris, para nós, era apenas o ponto com o qual Dona Deolinda nos ensinava a bordar... e, entre a descoberta da temível Matemática e do Canto Orfeônico com as melodias singelas do professor Aricó Jr., a inesquecível dona Maria José irrompia na sala de aula entusiasmando-nos com a transformação das rochas ígneas em metamórficas, assombrando-nos com a descrição das ruínas de Pompeia, dos fiordes da Noruega e da garra dos holandeses que arrancavam seu país do mar.

1967 passou e veio 68, com toda a efervescência em que o governo militar, o tropicalismo, a incerteza, o *rock*, o AI-5, a contracultura e a puberdade nos mergulhariam. Em 69, ouvíamos os Beatles na rádio Excelsior, assistíamos a românticas novelas na incipiente TV Globo, líamos a Coleção das Moças na biblioteca do Fernão e começávamos a conhecer a língua inglesa com o *Let's Learn English* de dona Zilda. Decorávamos Castro Alves e Gonçalves Dias para os jograis da aula de Português: "Deus, ó Deus, onde estás que não respondes?", "Tu choraste em presença da morte? Em presença da morte choraste?". Quantos textos declamados sob as luzes de lanternas cobertas com papel-celofane colorido... superprodução que os recursos informatizados de hoje não imitam!

A década de 1970 iniciou-se com nossa entrada no mundo quase-adulto: tínhamos 14 anos e as salas masculinas nos atraíam. Apenas no Colegial (hoje, Ensino Médio) é que o Fernão nos permitiria o luxo das classes mistas. A timidez era a regra, apesar das nossas minissaias e dos jornaizinhos escolares: para eles escrevíamos inocentes dissertações sobre dezenas de assuntos sérios a respeito dos quais nada sabíamos. Mas escrevíamos, mesmo assim.

O Colegial começou a nos separar. Algumas partiram para outras escolas, outras mudaram de período; e tantas de nós iniciamos os primeiros namoros ali mesmo, no pátio amplo entre as árvores, os murinhos e a cantina.

1973 trouxe a formatura e me viu deixar o Fernão. Pinheiros havia mudado: a rua Teodoro Sampaio, que nos anos sessenta abrigava bondes e tinha duas mãos, agora era mão única, centro comercial de intenso tráfego motorizado e humano. O Fernão crescera e ganhara a estátua do bandeirante (que hoje desperta emoções controversas). O uniforme fora trocado duas vezes, e o comprimento exigido das saias passara por tantas alterações quanto nossas flutuações hormonais adolescentes...

Estávamos prontas para tentar o ingresso no mundo universitário. E partimos daquele ponto rumo a outros desafios. Algumas garotas se mantiveram em contato; outras voaram longe e sumiram no horizonte. Porém nenhuma de nós, daquela Primeira série A de 1967, pode negar a influência enorme que o colégio teve em nossas vidas.

Faz décadas que deixei o Fernão e, às vezes, ainda sonho que estou ali, sentada em uma sala de aula; e é apenas nesses sonhos que um vislumbre da criança e adolescente que eu fui aflora em mim. Um não-sei-quê de entusiasmo, esperança, medo do desconhecido e ansiedade pela abertura de caminhos que o futuro traz... Então acordo e lembro que não me sento mais em bancos escolares.

O meu Fernão ficou parado em 1973. Mas nunca será esquecido.

PRA QUE SERVE A POESIA?

Lá em casa, o rádio ficava ligado o dia inteiro. A gente não tinha televisão nem telefone, e eram as estações radiofônicas que nos conectavam com o resto do mundo. Papai ouvia futebol e notícias (mais futebol que notícias). Mamãe ouvia música e cantava junto.

Foi nas letras de música, antes de aprender a ler, que eu descobri a existência da poesia.

Prestava atenção aos textos elaborados, verdadeiros poemas parnasianos, sonetos complicados. Como sempre tive boa memória, decorava todas as canções – muitas vezes sem nem entender bulhufas. Aí perguntava para os adultos:

– O que quer dizer "nostálgico"? E "quietude"? E "esplendor"?

De onde eu tirei tais palavras? De versos assim:

Dorme, fecha esse olhar entardecente / Não me escutes
nostálgico a cantar

Ou:

Noite alta, céu risonho / A quietude é quase um sonho
O luar cai sobre a mata / Qual uma chuva de prata de ra-
ríssimo esplendor...

Eram as serestas. Seriam seguidas por sambas-canção,
tangos, guarânias, boleros. Ainda sei todos de cor, sessenta
anos depois... Dessa forma, descobri nas ondas do rádio o que
era verso, quadra, metrificação, rima, ritmo.

Mais tarde, quando fui para a escola, tínhamos que de-
corar poemas para recitar. Obras de poetas como Casimiro
de Abreu *(Eu me lembro! eu me lembro! / Era pequeno e brincava
na praia; o mar bramia / E, erguendo o dorso altivo, sacudia / A
branca escuma para o céu sereno)* ou Vicente de Carvalho *(Essa
felicidade que supomos / Árvore milagrosa, que sonhamos, / Toda
arreada de dourados pomos, / Existe, sim: mas nós não a alcança-
mos / Porque está sempre apenas onde a pomos / E nunca a pomos
onde nós estamos.)*.

Nada mais natural, então, que lá pelos meus 9 anos eu
compusesse os primeiros poeminhas.

Eram muito ruins! Mas eram o começo de alguma coisa. Dois dos poemas que escrevi na infância foram marcantes. Não consigo lembrá-los inteiros, mas recordo fatos memoráveis que os dispararam. Um deles, compus lá pelos meus 11, 12 anos. Estava passando o dia na casa da minha avó e, por algum motivo, tomei uma bronca. O porquê da bronca? Sei lá. Mas foi inesquecível a raiva que eu senti. Saí para o quintal, subi para o canteiro alto onde ficava a jabuticabeira e me sentei no telhadinho do quarto de despejo, que podia alcançar facilmente dali. Peguei um caderno e poetei.

Pus para fora a raiva em geral e nomeei o poema "Vontade de odiar". Era algo assim:

Odeio
E o ódio sobe ao meu peito
Tanto que não consigo pensar direito
E tenho vontade de gritar
Grito
E meu grito sobe ao ar, aflito
Queria ser maior que o próprio infinito
E me dá vontade de chorar...

Terminei a escrita e senti um alívio tão, tão, tão grande, que comecei a rir sozinha, me achando ridícula, ali sentada no telhado. O motivo da raiva tinha sumido, ficou só o poema. Percebi que aquele era bem melhor que os meus primeiros, tão bobinhos... E que eu tinha descoberto como botar os problemas para fora. Era só escrever poesia!

Deve ter sido pelos idos de 1968 que nos mudamos para a Vila Madalena. E lá, numa casa alugada que dava para a rua – antes, a gente morava numa casa de fundos –, eu vi cair uma chuva torrencial, dessas bem assustadoras. Olhando a enxurrada furiosa que roncava na rua, pela janela da sala, vi uma criança feliz da vida brincando na chuva.

Deu um clique na minha cabeça. Corri a pegar um caderno e escrevi outro poema:

Quando o céu toldou-se, a chuva grossa e o vento fino
Castigaram a rua suja e empoeirada
De rosa vestido, um vulto pequenino
Esgueirou-se pela corrente da enxurrada.
Sorria e molhava os dedinhos na água
Pulava e espirrava a chuva para os lados
Como quem não tem dor, tristeza ou qualquer mágoa
Só a felicidade dos pés enlameados.

O poema do ódio havia preocupado meus pais, mas com o da chuva eles ficaram em êxtase... Uma das minhas tias, então, entusiasmou-se tanto que, pouco depois (era 1969), me deu de presente um livro, o primeiro que ganhei que só continha poemas. Não sei se ela tinha ideia da maravilha que havia colocado nas minhas mãos, ou se entrou na livraria e pediu:

"Tem algum livro de poesia para crianças?". O fato é que ela me deu *Ou isto ou aquilo*, de Cecília Meireles.

Nem me importei com a descoberta de que eu não era nem nunca seria poeta. Cecília é que era! Ela brincava com as palavras de um jeito que eu nunca conseguiria imitar.

Depois de ganhar esse presente escrevi menos e li mais. Fui apresentada a outros autores, como Drummond e sua pedra no meio do caminho. E no ginásio, certo dia, uma de minhas amigas chegou na escola com um poema decorado na ponta da língua.

Eu e outras colegas ficamos curiosas para ouvir, aí ela recitou uns versos muito, muito estranhos...

O poeta falava num sujeito chamado Bentinho Jararaca, que estava caçando e encontrou o tinhoso, o Cussaruim. Sem rimar nem de leve, o curto poema terminava de forma assustadora, com o ser dos infernos comendo, bem devagar, o cano da espingarda do caçador...

Manuel Bandeira! Conhecê-lo foi uma libertação. Então para poetar a gente não precisava de rima, de aliteração, de ritmo, de nada! E nem era obrigatório falar de amor, de coisas bonitas, da natureza ou de sentimentos nobres... Podia-se até falar de um coisa-ruim que comia espingardas.

Mal sabia eu que, pouco tempo depois, minhas leituras poéticas se expandiriam loucamente.

Em 1971, uma professora de Português do Instituto de Educação Fernão Dias Paes me surpreendeu como ninguém jamais faria. Numa manhã inesquecível daquele ano, ela entrou na sala de aula, largou os diários de classe sem fazer chamada, apoiou-se na mesa e começou a declamar:

Vem, noite antiquíssima e idêntica
Noite rainha nascida destronada
Noite igual por dentro ao silêncio. Noite
Com as estrelas lantejoulas rápidas
No teu vestido franjado de Infinito...

Ela declamou.

O poema inteiro.

DE COR.

Todos os alunos ficaram em silêncio, abismados, encantados. Eu tinha 15 anos e acabava de ser apresentada a Fernando Pessoa...

Hoje eu é que sei esse poema, um dos Dois Excertos de Ode, de cor; não inteiro, que isso era privilégio da dona Clélia, mas boa parte dele. Continuo lendo compulsivamente todos os gêneros. Amo poesia. Descobri Manoel de Barros, Mário Quintana, Mia Couto. Escrevo feito doida. Tenho milhares de livros na minha biblioteca. Respiro Literatura... E não duvido de que, embora os poemas não sirvam mesmo para nada de útil ou prático, não dá para viver sem eles.

Nunca esquecerei aquela manhã inusitada em que uma professora genial recitou Pessoa para um bando de adolescentes perplexos. Ela não disse que tínhamos de estudar poesia portuguesa. Ela não disse que ia cair na prova ou no vestibular. Ela apenas mostrou que amava POESIA.

E nos ensinou a amar a PALAVRA.

Onde quer que esteja, obrigada, dona Clélia!

MARK TWAIN E OS DEUSES DO SEBO

Eu devia ter uns dez anos quando achei, num canto de casa, um livro amarelado que provavelmente tinha pertencido a meu falecido avô. Naquela época eu já era louca por livros. Infelizmente tínhamos poucos e eram relidos dezenas de vezes. Custavam caro; eu só podia pedir um livro aos meus pais no Natal ou no aniversário, e olhe lá... Uma vez, desesperada para ler algo diferente, peguei a Bíblia de minha mãe e li inteirinha.

Por isso, foi uma alegria encontrar aquele volume. Um livro novo para mim! Chamava-se *Aventuras de Huck* e o autor tinha um nome bizarro: Mark Twain. Editado em 1934 e traduzido por Monteiro Lobato, que já era meu autor preferido!

Devorei a história. Tinha tudo a ver comigo, mesmo pertencendo a uma realidade totalmente diferente. O que haveria em comum entre uma garota morando em São Paulo nos anos

1960 e um órfão vivendo no Mississipi, Estados Unidos, na época da escravidão? Apesar disso, eu me identifiquei instantaneamente com o personagem, que narrava em primeira pessoa sua vida de garoto solitário tentando sobreviver num ambiente hostil. O texto transbordava de ironia, criticando a sociedade estadunidense sulina e o povo de mentalidade estreita, fundamentalista e escravocrata.

Eu ria sozinha, alto, de quase engasgar em vários trechos da narrativa. Minha mãe ia me olhar preocupada, como quem diz "o que deu nessa menina?".

Apaixonei-me pelo autor e desejei ler mais obras dele. Desde os oito anos tinha essa mania, quando gostava de um livro. A lista de obras desejadas crescia assustadoramente, eu continuava ganhando só um ou dois livros por ano... E percebi que Mark Twain era quase um desconhecido. Ninguém que eu conhecia tinha obras dele para emprestar, nem a biblioteca do colégio.

Tempos depois, meu pai achou numa banca de jornal uma edição barata de *Tom Sawyer*, recém-publicada. Eu já havia descoberto que *Huck* era uma sequência desse, e me agoniava não ter lido o primeiro volume. Por ter falado muito no autor a papai, ele se lembrou do nome e comprou o livro. Finalmente pude ler o início da aventura de Huck, Tom e Jim! Para minha alegria, um tio também me conseguiu, sei lá onde, uma edição antiga, já sem capa, que contava uma viagem dos mesmos personagens pelos ares, viajando em um balão; agora sei que o título original era *Tom Sawyer abroad*. E, num aniversário, ganhei de presente *O príncipe e o mendigo*. Outra realidade, outro tempo e outro país, mas a mesma ironia subjacente.

Eu amava cada vez mais aquele sujeito, que, havia descoberto, na verdade se chamava Samuel Langhorne Clemens. Bem, já possuía quatro livros de Mark Twain na minha bagagem de leituras. Mas eu queria mais. As pesquisas me diziam que ele tinha escrito muito, inclusive um livro que eu estava doida para ler: *Um ianque na corte do Rei Artur*.

Tentei encontrar esse nas bibliotecas, pedi emprestado às amigas, aos tios leitores da família, e nada. Fui às duas livrarias do bairro, disposta a juntar meses de mesada para comprar. Disseram que não havia edições em português dessa obra.

Mas, na adolescência, passei a frequentar os sebos. Tinha descoberto a paixão por fuçar estantes confusas e descobrir tesouros escondidos... Minha mais importante aquisição na época foi uma coleção de Alexandre Dumas em volumes pequenos, ortografia antiga e páginas amareladas.

Então, com o desejo pelo livro de Twain entalado na garganta, resolvi recorrer ao sobrenatural. Numa conversa com Deus, pedi que, de alguma forma, eu encontrasse o *Ianque* para ler. Não tinha grandes desejos na vida. Queria só obter livros legais para me deliciar com eles.

Pouco tempo depois de fazer esse pedido mental, aconteceu. Estava eu no centro de São Paulo, encaminhando-me ao ponto do ônibus para voltar ao meu bairro, quando passei diante do mesmo sebo onde havia comprado a série de Dumas. E na vitrine, junto à calçada, vi o livro.

Parei, sem poder acreditar. Era ele mesmo. *Um ianque na corte do Rei Artur.* Velhinho e maltratado, ali, à minha espera.

Catei os trocados na bolsa e consegui comprá-lo.

Depois de agradecer a Deus, aos anjos, aos espíritos ou a quem quer que tenha colocado aquele livro em meu caminho, peguei o ônibus, eufórica, e já comecei a ler no balanço da condução.

Aí percebi que, sempre que eu precisava de material de leitura específico, tudo que tinha de fazer era percorrer os sebos. Não chamava os vendedores: era só me dirigir, mentalmente, aos Deuses do Sebo. Alguma coisa ou alguém invisível me levava às prateleiras certas, nas costumeiras salinhas lotadas de pilhas empoeiradas. E encontrava o que me serviria, a preços que podia pagar; mesmo que não fosse o que eu queria, sempre era algo que seria útil.

Mas, se contava a alguém sobre minha crença nos Deuses do Sebo, ou riam ou me olhavam com a expressão a que eu já estava acostumada: "é doida, coitada".

Reli várias vezes o "Huck", que foi meu preferido bem antes de descobrir que esse é considerado um dos maiores clássicos, talvez o mais importante marco da literatura norte-americana. Tive até a alegria de ver na tevê o escritor transformado em personagem, em um episódio de *Jornada nas Estrelas: a nova Geração.*

E, um dia, sei lá por quê, quis tirar a limpo minha hipótese sobre a existência dos Deuses do Sebo. Uns quarenta anos haviam se passado desde aquele primeiro encontro com o *Ianque*. Eu estava no centro de São Paulo de novo, mas aquele meu querido sebo já não existia, tinha virado lanchonete. Dei com um diferente, em que nunca havia entrado: o Sebo do Messias.

Sorri para mim mesma. Pedi: "Deuses do Sebo, sejam lá quem forem, se vocês existem de verdade, me mostrem o livro que preciso ler".

Entrei. Percorri sem rumo os corredores estreitos, sem um pingo de pressa, até que uma estante me chamasse a atenção. Então, lá no fundo, vi uma prateleira cheia de volumes encadernados, com um único livro detonado e sem capa no meio dos mais bonitinhos.

"É aquele", disse a mim mesma. Fui direto para a estante e puxei o livro que compraria.

Era uma edição em português da *Autobiografia* de Mark Twain. Eu nem sabia que ele havia escrito isso, pouco antes de morrer. Uma obra deliciosa de ler, em que reencontrei meu ídolo com toda a sua ironia!

Claro, a crença no poder dos sebos e de seus deuses, ou anjos, ou orixás, só aumentou.

Mas minha história com Samuel Clemens não havia terminado. Em 2013, após uma visita à Feira do Livro de Frankfurt, meu marido e eu fomos visitar uma prima que mora no norte da Alemanha, em Lüneburg. Estávamos passeando pela bela cidade medieval, quando, sobre uma das pontes que atravessam o rio Ilmenau, vi um desses peculiares bancos de ferro com escultura humana. Era um homem em tamanho natural, sentado como se olhasse o fluir do rio.

Parei. Olhei a estátua. Achei que se parecia com Mark Twain. Mas eu devia estar enganada. Por que um escritor do sul dos Estados Unidos teria uma escultura numa pequena cidade alemã? Não havia placa identificando a obra. Perguntas sobre aquilo resultaram na resposta "Parece que é um escritor". E fui pesquisar.

Era ele mesmo. Encontrei fotos da estátua e descobri até um livro em formato *e-book*, chamado *A Tramp Abroad*, em que Twain conta uma viagem que fez à Europa, incluindo aí várias cidadezinhas alemãs! Estava solucionado o mistério.

E sei que ele – ou os Deuses do Sebo, sejam quem forem – ainda guardam surpresas para mim no futuro. Lerei mais obras desse autor, e mal posso esperar para saber o que elas conterão em suas páginas – sejam amareladas ou virtuais.

INSIGNIFICÂNCIAS

Sempre fui apaixonada por palavras estranhas. Um amigo disse, certa vez, que sou a única pessoa que ele conhece que consegue usar, sem hesitar, expressões como *concomitantemente* no meio da conversa.

Numa palestra com pré-adolescentes em um colégio percebi as professoras se apavorarem quando disse aos meus leitores que adoro xingamentos, e que iria ensinar-lhes uns palavrões novos! Mas respiraram aliviadas e a meninada adorou quando comecei a colocar no quadro-negro palavras como *biltre*, *azêmola*, *estúrdio*. São ofensas graves, de que gosto mais do que daquelas já tão gastas – e às vezes a vítima nem desconfia de que está sendo xingada.

– Meu amigo, você é um biltre! – eu diria, e o ofendido sorriria como quem recebe o maior elogio. Não sabe o que significa? Ora, vá consultar o dicionário.

Talvez a culpa de eu adorar palavras escabrosas seja daquelas serestas que ouvia, no rádio, com minha mãe – e que continham pérolas como "as estrelas tão serenas, qual dilúvio de falenas, andam tontas ao luar"...

Uma palavra que me impressionou, quando comecei a estudar filosofia, foi o adjetivo "peripatético". Fazia-me lembrar de Peri, o herói de *O Guarani*, de Alencar – eu adorava aquele livro! – e do Pateta, personagem dos gibis e desenhos animados. Também me recordava a sinfonia "Patética", de Tchaikovski... Mas o significado de tão bizarra palavra não tinha nada a ver com literatura, Disney ou música russa. Peripatético vem do grego e quer dizer "aquele que gosta de passear". Aplicava-se aos filósofos do tempo de Platão e Aristóteles, que ensinavam filosofia durante longos passeios a pé.

Bem, eu sempre fui adepta de andar a pé. Mesmo porque tinha de caminhar bastante para ir da minha casa aos colégios em que estudei. E, claro, andando sozinha pelas ruas de Pinheiros e da Vila Madalena, tinha tempo para pensar na vida, na morte, na existência de discos voadores e nos livros que desejava e que eram difíceis de conseguir...

Certa manhã de sol, no início dos anos 1970, eu voltava do colégio para casa. Estudava em Pinheiros e morava na Vila Madalena, o que me fazia andar aproximadamente 2 km na ida e mais 2 km na volta. Mas quem liga para isso quando tem 14, 15 anos? Eu praticava o peripatetismo e só resmungava na cruel subida da rua Harmonia, uma das mais íngremes pirambeiras que enfrentava. Ainda não havia, na região, restaurantes, bares

ou prédios – muito menos o Beco do Batman. A Vila era reduto de imigrantes portugueses e só abrigava casas.

Aí, pouco antes de fazer a curva da rua Aspicuelta para a Harmonia, parei para respirar e vi, na calçada, uma plantinha brotando nas rachaduras do cimento.

Não era nada importante.

Não era um fato relevante nem devia me fazer parar, mas fez.

Fiquei ali, feito boba, olhando o broto verde no chão cinzento. Pensando.

Pensava em como a vida era teimosa, em como a natureza se mantinha viva, em como um matinho sem nome vencia a engenhosidade dos homens que invadiam os terrenos, desmatavam e jogavam concreto sobre o solo. Concluí que, não importava o que os seres humanos construíssem no planeta, a força da terra, da flora, era mais poderosa que tudo.

E me senti repentinamente feliz por estar viva...

É muito estranho.

Aquilo aconteceu há quase 50 anos. Eu estava sozinha, diante de algo absolutamente corriqueiro. Ainda viveria muitas emoções, veria tristezas, alegrias, mortes, nascimentos, mudanças radicais de vida e de trajetória. No entanto, por algum motivo, a lembrança de um momento tão insignificante apegou-se à minha memória e de lá não sai.

Aí está outra palavra que me agrada: insignificância.

Talvez seja das insignificâncias da vida que eu – muito peripateticamente – me alimente.

ACHADOS, PRESENTEADOS E EMPRESTADOS

Em 1964 eu tinha 8 anos. Do mundo lá fora, só sabia que minha mãe tinha um vago medo. Ela dizia que ia haver uma revolução, e que, se houvesse, meu pai podia ser convocado, pois ele tinha feito Tiro de Guerra e era reservista. Na prática, a revolução existiu, mas não convocou meu pai e eu ignorei o golpe militar, pois tinha mais em que pensar.

Naquele ano nasceu meu único irmão.

Lembro-me muito bem do dia 13 de março de 1964, porque naquele final de tarde meus avós foram com minha mãe para a Maternidade São Paulo, e eu segui com um tio e uma tia para a casa deles. Ficaria lá enquanto mamãe estivesse no hospital.

As ruas de Pinheiros estavam forradas por folhetos espalhados no chão; meu tio segurava minha mão e minha tia olhava para todos os lados, preocupada. Eu perguntei por que motivo tinha tanto papel no chão, e ela me disse:

– É coisa da política. Vai ter um comício do Jango hoje.

Eu sabia que Jango era o presidente do Brasil, e pensei que, se ele lá no Rio de Janeiro queria falar de política, o fato não me interessava. Nem imaginava que aquele discurso ia desencadear uma encrenca federal. O importante é que eu ia ganhar um irmão naquele mês!

Ganhei mais que o irmão. Ganhei o presente mais maravilhoso de todos naquele ano, comprado a prestações por meus pais – talvez um tipo de prêmio de consolação por ter deixado de ser filha única. Era uma coleção de livros: 17 volumes da obra infantil de Monteiro Lobato.

Juntei os volumes encadernados de verde-escuro ao meu exemplar adorado de *A Rainha da Neve*, de Andersen, e a uma série de contos de fadas que tinha ganhado dos meus avós, e esse foi o início da minha biblioteca. Aí comecei a devorar cada volume.

Mamãe ficou tão alarmada que fez meu pai guardar a caixa com os livros no alto do guarda-roupa: ela passou a só me dar um por semana para ler. Mas não fiquei triste, pois assim que a leitura acabava eu voltava à página 1 e relia, relia, relia... Eis porque, até hoje, sei trechos de cor e recordo passagens lobatianas obscuras de que ninguém se lembra.

O guarda-roupa do quarto dos meus pais era um esconderijo de livros. Foi nele que achei, um dia, o livro de Mark Twain que adorei, *As aventuras de Huck*. Foi nele também que achei uma série policial bem detonada – quatro volumes que não sei se foram do meu pai, quando criança, ou do meu avô Joaquim:

as *Aventuras do detetive Dick Peter*, escritas por um tal Ronnie Wells; o primeiro livro, editado em 1938, se chamava *O fantasma da 5ª Avenida*. Décadas depois eu descobriria que o autor era na verdade o brasileiríssimo Jeronymo Monteiro, precursor da ficção científica e da literatura de gênero por aqui. As histórias eram divertidas, um tanto ingênuas, e eu as devorei. Dick Peter e suas aventuras mirabolantes viraram citação constante na minha família!

Em 1967 ganhei de presente a *Mary Poppins*, de P. L. Travers – que eu nem imaginava ser uma mulher. A única autora que eu lia na época era a Condessa de Ségur; os seus livros falavam sobre crianças bem-comportadas, como *As meninas exemplares...* Coisa que eu nunca seria.

Acho que foi no meu aniversário de 12 anos (ou talvez no de 13) que ganhei, da mesma amiga que me apresentou a Manuel Bandeira, a obra *O meu pé de laranja-lima*.

Eu não queria ler aquele livro. Tinha lido, por indicação da professora de Português, *Coração de vidro* do mesmo autor, José Mauro de Vasconcelos, e tinha chorado todas as lágrimas possíveis... Mas, como resistir? Li, chorei tudo de novo, e até hoje tenho o exemplar na biblioteca aqui de casa. É um dos meus tesouros, a quarta edição, de 1968.

O fato é que os livros continuavam aparecendo no meu caminho. Presenteados no natal ou no aniversário, achados nos cantos de casa e no quarto de despejos da casa da minha avó, onde eu adorava brincar e encontrava as coisas mais incríveis.

Foi lá que dei com um volume restante de uma enciclopédia meio destruída, chamada *Os Trópicos*. Continha curiosidades, contos, histórias da Bíblia ilustradas, mitos gregos e noções de ciências. Foi ali que comecei meus estudos de literatura comparada, pois depois de ler *Os 12 trabalhos de Hércules*, de Lobato, me apaixonara por mitologia e andava buscando outras versões dos heróis e deuses com que a turma do sítio do Pica-pau Amarelo se havia deparado. Passei a ler todos os mitos que encontrava pelo caminho e a comparar as narrativas... Naquele quarto encontrei também um volume da coleção *Thesouro da Juventude*. Só tinha aquele e, por sorte, nele havia a história fascinante de *Aladim* ou *A Lâmpada Maravilhosa*. Mais literatura a comparar para mim, pois eu já ganhara uma edição de *Aladim* facilitada, com ilustrações em branco e preto que prontamente colori com lápis-cera.

Uns anos depois, encontrei naquele quarto de despejo um livro que, coisa incrível, se chamava justamente *Quarto de despejo*. Com o subtítulo *Diário de uma favelada*, era a 2ª edição da obra de Carolina Maria de Jesus. Ler aquilo fez um mundo se abrir na minha cabeça. Àquela altura eu já havia lido todos os romances da Coleção das Moças, que emprestava da biblioteca do colégio; acostumada com doçuras, nada me havia preparado para tal baque com a realidade das favelas.

Na faculdade, novos baques me esperavam. Ouvi uns colegas comentarem sobre certa autora chamada Lygia, e foi meio por acaso (será?) que encontrei numa banca de jornais a edição de bolso de *Ciranda de pedra*. Comprei, me maravilhei – e, de lá para cá, nenhuma escritora (nem Clarice!) foi ou será mais importante para mim do que Lygia Fagundes Telles.

Para coroar os baques literários, um amigo da faculdade me emprestou um livrão que li nas férias – acho que foi em 1975. Chamava-se *Quarup*, de um tal Antonio Callado. Meu deus, meus deuses, minhas deusas, que livro! Como ele me fez pensar! A gente, na época, ouvia falar em prisões de estudantes, em exílio de músicos, em protestos contra o governo militar. Contudo, foi o *Quarup* que me abriu a cabeça para tantas coisas que eu não imaginava que estavam acontecendo, na sociedade e na política.

Eu tinha 20 anos e nem imaginava que um dia seria escritora, mas acabava de encontrar, no meio do caminho, mais um livro que me acompanharia para sempre.

UMA CANÇÃO, UM TREM, UM BEIJO

Eu não morava perto de ferrovia, nem precisava tomar trem. Mesmo assim, minha infância foi marcada por certos apitos distantes que me faziam parar e procurar uma silhueta ferroviária no inexistente horizonte paulistano; e aí batia uma saudade estranha de um trem que eu nunca havia tomado. Coisa de louco? Filosofia barata? Pode ser... ou talvez fosse profecia.

Pois, como para tudo há uma primeira vez, um belo dia eu tomei um trem. Era adolescente, e minha turma da época quis porque quis marcar um piquenique.

– Para onde vamos?

Ninguém sabia. Mas logo de início foi resolvido que iríamos de trem, porque piquenique que se preza tinha de começar num trem.

E foi assim que, num belo sábado, estávamos todos na estação Júlio Prestes, antes da reforma – corria a década de

1970. Todos com mochilas nas costas, sanduíches e refrigerantes, carregando a típica excitação de quem vai viver uma aventura inédita e tendo ideia nenhuma de nosso destino.

Olha-se o quadro das cidades visitadas pelos trens. Pergunta-se aos funcionários em que cidade haveria um parque "bom-de-piquenique".

– Mairinque – diz alguém.

– Pois vamos para Mairinque.

E todos embarcamos, eu mais alerta que todos, pois era minha primeira viagem por uma ferrovia. Desconfiava que seria inesquecível...

A primeira coisa que notei foi o estranho balanço que o trem proporcionava. Aquilo não se parecia com ônibus, carro, nem mesmo bonde. Era uma malemolência própria, um ritmo específico e mágico, que eu jamais sentira antes – e me fazia cantar mentalmente uma canção muito querida, de Chico Buarque:

Vem, meu menino vadio
Vem, sem mentir pra você

A segunda coisa que notei foi que um dos meus amigos, de repente, parecia diferente. Como se a magia do balanço do trem tivesse acordado nele (ou em mim) algo que eu, até ali, não notara. Olhei de novo. E de novo. Começava a achar que estava me apaixonando. Seria isso?

Chegamos à cidade-destino, encontramos o parque, piquenicamos à vontade em meio às grandes árvores e à nossa saudável balbúrdia adolescente. E, finda a tarde, voltamos. No trem de volta, algo estranho aconteceu. Meu amigo não se sentia bem, talvez algum dos sanduíches não tivesse concordado com seu estômago. Fosse como fosse, ele passou a viagem de volta quietinho, encolhido. Foi-se chegando. Encostou. Deitou a cabeça no meu colo.

E me olhou.

Vi nos olhos dele a mesma perplexidade que sentira em mim na ida. Como se apenas dentro do trem, efeito daquele balanço ritmado, nós dois tivéssemos a capacidade de enxergar além da amizade, além do racional, além de nós mesmos.

Nada mais aconteceu dentro do trem a não ser a troca de olhares, um ocasional afago mudo, e a mesma música do Chico, que eu cantarolei – agora em voz alta.

Vem, por favor não evites
Meu amor, meus convites
Minha dor, meus apelos

No dia seguinte ele foi até minha casa e, no portão do prédio, sob os olhares cúmplices da vizinhança, me beijou.

Naquela semana começamos a namorar.

Culpa do trem, é claro.

ENQUANTO MEUS OLHOS PROCURAM POR DISCOS VOADORES NO CÉU

Um dia, sem mais nem menos, eu vi um disco voador.

Não, não estou brincando.

Foi bizarro...

Era 1989 e eu tinha um bebê. Na época, morávamos num apartamento minúsculo nas Perdizes; da janela do nosso quarto tínhamos uma visão parcial de casas simples do bairro, mansões no Pacaembu e prédios na avenida Doutor Arnaldo. Nada interessante de se ver, mas era uma vista ampla, com árvores, e via-se mais céu que terra.

Pois estava eu reclinada na cama, olhando pela janela e amamentando minha filha, quando vi uma luz estranha no alto, à frente das nuvens. O troço riscou o espaço e foi do Pacaembu para a Doutor Arnaldo. Era uma luz branco-azulada forte, que passou rapidamente na escuridão até sumir na região da Rebouças.

Não era helicóptero nem avião, disso tive certeza. Não fez o ruído característico, não havia luzinhas piscantes e era grande demais, rápida demais, mantinha a velocidade constante. Abracei minha filha com força. Ela continuava mamando. E quase pirei.

Eu tinha visto um disco voador?

Bem que podia ser.

OK, poderia ter sido uma cochilada, um meio-sonho, minha imaginação doida de escritora. Mas houve algo mais.

Não me lembro se foi no dia seguinte ou no outro que, já quase esquecida do fato, e com a bebê adormecida no berço, fui zapear pela televisão. Em um canal qualquer, vi um sujeito que estava sendo entrevistado dizer que acreditava em discos voadores, e ainda afirmar:

– Foi avistado um OVNI esta semana sobrevoando o Hospital das Clínicas.

Custei a registrar a ideia e, automaticamente, continuei zapeando; mas aí a ficha caiu e voltei a procurar o canal até encontrar o mesmo sujeito. Esperei uns minutos até que ele falasse mais sobre o assunto, só que o papo havia tomado outros rumos.

Desliguei o aparelho, cismada.

Eu não tinha imaginado a fala do sujeito, nem a silenciosa e estranha luz. Ela sobrevoava o mesmo local em que alguém disse – na tevê! – ter sido avistado um Objeto Voador Não Identificado.

Concluí que tinha sido real: eu havia mesmo visto um disco voador.

Por que não?

Muitas vezes havia procurado OVNIs no céu; não tinha motivos para não acreditar em inteligência extraterrestre.

Umas duas décadas antes daquela noite, nos tempos horrendos da ditadura militar, Caetano Veloso, que fora exilado do Brasil, havia composto a canção "London, London". Cantei muito o refrão, na época, que incluía o verso: "While my eyes go looking for flying saucers in the sky".

Como leitora contumaz, comecei a ler ficção científica muito cedo. O primeiro livro do gênero que apareceu no meu caminho (por acaso?) foi outro volume que achei num dos incríveis quartos na casa da minha avó. Sempre foi um mistério para mim como os livros mais diversos e interessantes apareciam por lá; mas eles supriam minhas necessidades de leitura, então nunca me aprofundei no mistério e deixei por isso mesmo.

Lembro-me de que perguntei a tios e avós se podia ler aquilo e ninguém me proibiu; assim, com 11 ou 12 anos, degustei a obra *A Nuvem Negra* de Fred Hoyle.

Foi marcante. Adorei o livro, bem perturbador para a minha idade, sem desconfiar de que o tal Fred Hoyle era um importante astrônomo britânico. Hoje sei que foi ele que criou a expressão "big bang", embora na verdade criticasse a teoria que explica o surgimento do universo em expansão através de uma explosão inicial.

Naturalmente, virei fã de *Sci-Fi*, como começou a ser chamada a Ficção Científica – apesar de me ser bem difícil na época conseguir livros desse tipo. Porém havia os seriados de tevê: Túnel do Tempo, Perdidos no Espaço, Jornada nas Estrelas (até hoje sou Trekkie). Anos depois, eu veria o filme "2001, uma odisseia no espaço" e leria Asimov, Clarke, Bradbury, mais dezenas de clássicos do gênero, até descobrir a mais importante autora de ficção científica que conheci: Ursula K. Le Guin.

E uns 20 anos no futuro eu veria um disco voador...

Não posso negar: continuo cantarolando a canção do exílio de Caetano e olhando o céu em busca de OVNIs. Nunca mais vi outro, porém.

Embora tenham se passado décadas, ao fechar os olhos, revejo com nitidez aquela cena. Enxergo os detalhes do quarto, a janela aberta, a paisagem urbana e a luz azulada cortando o espaço em silêncio. Sinto a leve brisa e o peso mínimo de minha filha, agasalhada em meus braços, mamando placidamente – sem desconfiar de que sua mãe contemplava mistérios do universo.

A ditadura militar acabou e o compositor baiano não vaga mais exilado sob os céus de Londres, mas a política nacional continua um horror e dá vontade mesmo é de cantar sem parar o sucesso "Alô alô marciano", da Rita Lee.

Tenho mais de 60 anos. Os filhos já voaram de nossa casa. Nossas janelas, hoje, não têm vista para o céu, só para o muro do vizinho. Quanto a mim...

Continuo lendo ficção científica e acreditando em vida extraterrestre.

ENCONTROS INESPERADOS

Publiquei meus quatro primeiros livros infantis em 1988.

Eu era oficialmente uma escritora! Já fazia dois anos que trabalhava na TV Cultura de São Paulo, escrevendo roteiros para o programa infantil "Bambalalão", mas só me senti *escritora de verdade* quando tive os livros na mão, com meu nome impresso na capa. Era a mesma sensação de ver os filhos pela primeira vez após o nascimento, já bonitinhos e vestidos pelas enfermeiras da maternidade...

Nos anos 1990 fiz parte de um grupo chamado CELIJU: Centro de Estudos de Literatura Infantil e Juvenil. Aprendia muito com os membros do centro e conheci autoras incríveis. Uma delas, a querida Lúcia Machado de Almeida, escreveu o delicioso livro *Atíria, a borboleta*, que me encantou pela forma delicada com que mencionava a questão da deficiência: a borboleta-personagem tinha um problema na asa, o que não a impediu de ser uma heroína vencedora. Tive a alegria de receber a Lúcia em um lançamento de livro meu. Ela me pediu um autógrafo, dá para imaginar uma coisa dessas?

Foi também em 1990 que escrevi minha primeira novela juvenil; enviei para um concurso literário que tinha sido comentado pelas colegas do CELIJU. Na época, já era casada, meu marido e eu tínhamos dois filhos pequenos e morávamos na Vila Madalena numa casa alugada, que eu adorava, pois era ampla, ventilada e iluminada. Um dia o telefone dessa casa tocou e, ao atender, ouvi uma voz masculina dizer que era o presidente de uma fundação importante. Claro, pensei que era trote ou engano... mas não era! Aquele senhor ligou para me avisar que eu havia ganhado o primeiro prêmio em Literatura Infantil e Juvenil de uma premiação importantíssima! Foi um acontecimento. Não só havia um prêmio em dinheiro e o livro seria publicado, mas eu estava convidada a comparecer aos seminários que a empresa patrocinava. Além da premiação, haveria num hotel em São Paulo, jantares, almoços, palestras.

De repente, eu era VIP, coisa que jamais teria adivinhado... No primeiro jantar comemorativo a que compareci com marido ao lado, ambos tímidos e sem saber direito o que fazer, já subimos no elevador com autores que eu tinha lido e que admirava. Arregalei os olhos e não desarregalei mais.

No salão onde seria servido o jantar, não me lembro direito com quem conversei, mas sei que a pessoa foi identificando para mim os autores presentes. Estavam lá Ignacio de Loyola Brandão, Lygia Fagundes Telles, Millôr Fernandes, Marcos Rey, Nélida Piñon, Tatiana Belinky, Ruth Rocha e – quando soube disso, eu quase gritei – Antonio Callado!

Aimeudeus. Eu estava jantando no mesmo lugar que o autor de *Quarup.*

No outro dia houve um almoço e, então, eu almocei com mais pessoas cujas obras havia lido, como a maravilhosa Sylvia Orthoff. Como definir a emoção de estar com aquela mulher exuberante, bem-humorada, que tinha escrito o delicioso livro *Os bichos que tive*, em que ela conta suas memórias zoológicas quase fazendo o leitor engasgar de tanto rir?

Acho que nunca me acostumarei em estar na presença de autores amados. Sei que já escrevi muito, recebi prêmios, tenho uma carreira bem estabelecida. Mas estar diante daqueles que me encantaram com sua ficção ainda é uma sensação indescritível.

Em 1993 passei por outro momento desses, de não acreditar no que estava acontecendo.

Eu havia sido convidada para uma feira de livros num colégio. Até aí tudo bem, esses convites já estavam se tornando rotina na minha vida de autora de livros infantis. O caso é que o convite era do colégio espanhol Miguel de Cervantes, que fazia questão de servir aos autores convidados uma *paella* legítima – algo que eu nunca havia experimentado.

Na hora do almoço daquele dia 8 de maio de 93 eu bati papo com os alunos e depois fui para o refeitório do colégio. Estava lá timidamente esperando minha *paella* quando surge uma senhora simpaticíssima, senta-se à minha frente e puxa conversa. Dali a pouco chegam nossos almoços, vem a pessoa que a acompanhava e nos apresenta formalmente.

Eu congelei.

Aquela senhora era Rachel de Queiroz. Eu estava ali, almoçando e batendo o maior papo com a autora de *O Quinze* e de outros livros que marcaram a Literatura Brasileira...

Dá para ficar mais deslumbrada que isso?

Dá. E o deslumbre retornou quando, anos mais tarde e já no novo século, fui de novo convidada para uma feira de livros, desta vez em terras gaúchas. Na cidade de Estrela fui levada a um colégio para conversar com leitores de seus 7, 8, 9 anos. Tudo ia muito bem até que o trabalho acabou e fui apresentada a um autor que estava ali, ao mesmo tempo que eu, só que conversando com os adolescentes. Ele se chamava Moacyr Scliar.

Que livros maravilhosos aquele homem escrevia! Eu sabia que ele era médico, morava em Porto Alegre e era membro da Academia Brasileira de Letras. Autor de uma das minhas leituras favoritas de todos os tempos, *A mulher que escreveu a Bíblia*... Dessa vez fui mais esperta que na ocasião em que conheci Rachel de Queiroz. Corri para a feira de livros, comprei uma obra do Scliar e, sem vergonha nenhuma, perguntei se me daria seu autógrafo.

Para minha surpresa, além de autografar, ele pediu ao rapaz da editora – que iria nos levar de volta a Porto Alegre, juntos – um dos meus livros. E, com a maior simplicidade, como um dia a Lúcia Machado de Almeida havia feito, estendeu o volume para que eu lhe desse o meu autógrafo!

No papo que se seguiu no carro, durante as poucas horas de estrada que separam Estrela de Porto Alegre, conheci o mais alegre e generoso escritor com quem já trombei. Ouvi fatos curiosos de sua vida na colônia judaica da capital gaúcha e causos bizarros de reuniões na ABL.

Encontrei o Scliar ainda duas vezes antes de seu falecimento, conversamos e ele sempre foi o mesmo sujeito caloroso, simples, simpático, inteligente e bem-humorado.

Não sei quantos anos viverei, nem quantos escritores ainda encontrarei. Foram muitos mais do que estes poucos de quem falei, e cada um deles me ensinou alguma coisa – com sua fala, seu sorriso, sua escrita. Sei que esses encontros ficarão guardados no fundo de mim, recordações inesquecíveis de pessoas que também amam a palavra e reverenciam os livros.

Talvez seja essa a sensação que alguns chamam de felicidade.

INVISÍVEL

Anoitecia quando passei pela praça e vi um livro esquecido sobre um banco.

Parei. Passei a mão sobre a capa vermelha de couro antigo. Estava úmida de sereno; devia ter ficado ali a noite anterior e mais o dia.

Por que ninguém o pegara?

Vi muita gente apressada na praça: adultos, estudantes, crianças. Uns falando ao celular, alguns com fones ao ouvido, outros comendo algo. Muitos fitavam eletrônicos, roupas, perfumes, nas vitrines da calçada em frente. Mas ninguém notava o livro, ou reparava em mim.

As pessoas só prestam atenção ao que é vistoso. Ao novo.

– Ah, meu amigo – eu disse a ele. – Somos invisíveis, você e eu. Invisibilidade sem magia. Mas eu sei da magia que você pode conter.

Uma recordação me atingiu. Por volta de 1967, alguém me presenteou com um livro muito popular na época: *O Pequeno Príncipe*. O título, a princípio, me sugeria algo na linha dos contos de fadas, e eu não imaginaria que me suscitaria elucubrações políticas e filosóficas. Embora a obra fosse passar anos sendo ridicularizada como um "livrinho", leitura apropriada para as crianças e as belas candidatas ao título de Miss Brasil, tornou-se um *best-seller* perene; e, após entrar em domínio público, virou parte da cultura pop, filme e seriado de sucesso.

Uma frase desse livro o tornou marcante na minha cabeça.

"O essencial é invisível para os olhos", declarara o autor, Antoine de Saint-Exupéry.

Eu concordava com ele. Na época, filosofei: a invisibilidade que me atingia era compartilhada por outras invisibilidades – e essa não era necessariamente uma coisa ruim. Às vezes é bem útil ser invisível, até Harry Potter concordaria comigo ao usar sua famosa capa (o que me lembra de que eu fui uma das primeiras pessoas no Brasil a ler Harry Potter! Quando o primeiro livro saiu, uma amiga que viajava muito ao exterior comprou o livro original, em inglês, e me emprestou. Adorei a leitura, previ que seria um sucesso – e não me enganei!).

Claro, existem pessoas que conseguem enxergar além da magia da capa da invisibilidade. Ver o essencial, o que se esconde sob o véu da superficialidade... Mas essa capacidade parece se tornar cada vez mais rara, verdadeiro superpoder reservado apenas aos esquisitos, quem sabe aos mutantes do Professor Xavier...

Na praça, peguei o livro, senti a textura da capa, vi as folhas amarelas. Abri na primeira página... Invisíveis, nós dois. Ignorados por tanta gente. Apesar disso, cheios de vida. De histórias, aventura, poesia, emoção. Não resisti: sentei-me no banco e li até o final. Já tarde, fechei meu novo amigo e deixei-o no mesmo lugar.

Mesmo que às vezes pareça invisível, nada é mais mágico – e poderoso – que um livro.

Fui embora. Ele passaria ali outra noite, outro dia, talvez meses.

Até que mais alguém descobrisse sua magia.

Uma das coisas que mais gosto de fazer é visitar colégios, bibliotecas, feiras de livros, pois aí tenho a oportunidade de interagir com meus leitores, descobrir o que eles gostam e o que não gostam de ler. Além de encontrar colegas de todo o país, é claro!

E muitas vezes, nessas ocasiões, em entrevistas e bate-papos com crianças e adolescentes, perguntam-me: "de onde vem a inspiração para os seus livros?"

Difícil responder. Essa pergunta poderia ter tantas respostas...

Cada livro é único, nasce de circunstâncias diversas, de pessoas que vi na rua ou com quem conversei, de livros que li ou seriados que assisti, de coisas gostosas que comi em algum restaurante perdido em qualquer canto do mundo. É isso, as coisas que me rodeiam acabam fornecendo uma, duas, três sementes...

E cada semente vai brotando, crescendo, transformando-se em uma personagem na minha cabeça. Em geral, meu ponto de partida é mesmo uma personagem; e conforme ela surge, começa a ser independente, a falar dentro do meu cérebro, a querer sair de lá para existir.

Resultado: se eu não escrever sua história, fico mais doida do que já sou.

E olha que a doideira aqui já é abundante...

Outra coisa: *inspiração* não existe. Essa ideia de que o escritor é um ser abençoado, que recebe uma "luz que vem do alto" e que escreve assim, fácil, fácil, ao receber a inspiração de alguma Musa, é a maior balela que já escutei na vida. O que existe é *transpiração*, suor, trabalho sem fim. Observar o mundo, recolher ideias, deixá-las brotar feito plantinhas, regar as mudas que sobrevivem com mais leituras – e pesquisar muito. A pesquisa é fundamental, se se quer construir uma base sólida para a história que se vai contar.

No fundo, nós, escritores, somos apenas contadores de histórias. Queremos criar ficções que encantem alguém – a começar pela gente mesmo, nós, os malucos que conceberam as personagens e colocaram-nas em apuros dentro de um enredo.

Muitas vezes uma bobagem qualquer acaba virando história, crônica, poema. Outro dia mesmo, isso me aconteceu.

Passando pelo meu quarto, parei ao ver um raio de luz vindo de uma abertura mínima da janela, bem na minha frente. A cabeça disparou em ideias e comecei a escrever:

Uma fresta de janela, um pouco de sol, um cisco no ar. E eis que eu cometo um poema...

O risco luminoso
corta o quarto à minha frente.
É um clandestino raio de sol
que se esgueira pelo canto da janela
e vai pintar estreita mancha dourada no chão.
Em pleno ar,
entre janela e mancha,
paira o risco de luz
invulnerável, intocável, imóvel
presente do sol para mim, pois só eu o vejo.
Dentro dele, poeiras invisíveis se tornam magicamente reais;
e um cisco,
fragmento ínfimo de pó,
baila sozinho no recorte de ar
desafiando a mim, ao planeta, ao universo.
Paira, impávido. Sobe um pouco, desce.

Sua mera existência me parece ousadia suprema:
pois que importa a este mundo insano,
em que os poderes e as posses e as raivas e as
 bombas se chocam,
a persistência de um cisco que o raio de sol fez visível?
Nada, dirão todos os sensatos.

Mas eu, que me alimentei dos Pessoas e Quintanas
e Barros e Mias, sei a verdade.

Aquele cisco é tudo, é o universo, sou eu –
eu bailando entre as minhas incertezas e as
certezas dos outros
enquanto tudo explode lá fora.

Aquele cisco pode ser ínfimo, desimportante, efêmero.
Mesmo assim, nos poucos segundos em que o raio
de sol riscou o ar,
ele se tornou parte de mim,
foi insensata reflexão
e agora – para sempre – será poema.

Registrei o acontecimento – e o texto – no meu *blog*. E não
é que agora ele acabou virando crônica?

Assim funciona a cabeça de muitos escritores. De um cis-
quinho sem valor algum tira-se um poema. De uma lembrança
escreve-se uma crônica. Do vislumbre de um rosto desconhecido, de um objeto jogado na rua, de qualquer insignificância
pode nascer um conto, uma novela, um romance.

Ou isso tudo pode ficar só na cabeça da pessoa, num momento de parar, olhar para o nada e ruminar estranhezas.

Escritores são mesmo uma gente muito estranha.

ROSANA RIOS

Não escrevo muitas crônicas; as que compõem este livro foram escritas durante anos, quando algo acontecia ou uma lembrança me ocorria... Nunca pensei em publicá-las até reunir os textos – e só então percebi que eles contavam vários segredos da minha vida. Fiquei preocupada: Estou revelando demais sobre mim? Ah, não importa. Os livros estiveram no meu caminho a vida toda, está na hora de falar sobre eles! Espero que este seja um livro gostoso de ler e que os leitores que o encontrem no caminho se divirtam. Boa leitura!

ANA MATSUSAKI

Nasci em São Paulo e desde muito cedo me interessei por tudo o que envolvia palavras e imagens. Minhas primeiras brincadeiras eram criar livrinhos e revistas. Decidi estudar Design Gráfico na Belas Artes de São Paulo e em 2009 me graduei. Minha ideia para este livro foi trazer um pouco do saudosismo de uma época em que os celulares e demais *devices* ainda não existiam – nem imploravam por nossa atenção. Um livro silencioso bastava. Para as ilustrações usei muitas técnicas analógicas: carimbo, colagem, nanquim e lápis.

Este livro foi composto com a família tipográfica
Chaparral Pro, para a Editora do Brasil, em março de 2018.